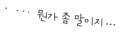
· · · 뭔가 좀 말이지 · · ·

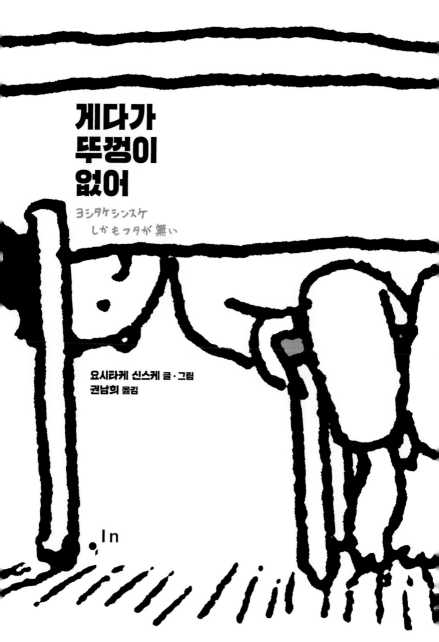

게다가
뚜껑이
없어

ヨシタケシンスケ
しかもフタが無い

요시타케 신스케 글·그림
권남희 옮김

.In

게다가

든

뚜껑이

없어?

...앗!
망했다!!

지금 잠시
'뭔가 찜찜해 세계'로
가버렸어! 나!
위험하다 위험해!

Original Japanese title: **SHIKAMO FUTA GA NAI**
Copyright © 2003 Shinsuke Yoshitake
Original Japanese edition published by PARCO Co., Ltd.
Korean translation right arranged with PARCO Co., Ltd.
through The English Agency (Japan) Ltd. and Danny Hong Agency

너무 시원시원해서
신용하기 어려운 사람

'사람을 불안하게 하는 배색'
으로 유명한 사람.

"사실은 생각도
하지 않고 있죠?"

이제 별명에
가까운 '사장님'

(마이)

사장님!

자주 듣는
말이다.

요코하마 역 앞

바흐가 있었다.

그 사람 말이야,
나쁜 사람은 아닌데

재미가
없더라.

장반을 쌓아서
나를 때.
제일 위에 있는
장반 이외에는
실은 '장반'으로
활약하고 있다

한없는 어리석음에

충성을 맹세하다

나 ……

멀리서
　사러 왔습니다.

강도 같은 짓
아무것도 해주지
　　못했다……

일부러
이딴 것을.

하아 ── 끙차

제일
아프지 않은 방법으로
　부탁해요!

비 오는 날의 기모노.

펭귄 같고
　　귀엽다.

아, 처음
　　뵙겠습니다ー.

좀 전까지
퍼질러 잔 냄새

처음 뵙겠습니다

이쪽은 여자 닌자
야나기다 씨

뭔가 막
몸에서
마이너스 이온이
나오는 게 아닐까 싶을 정도

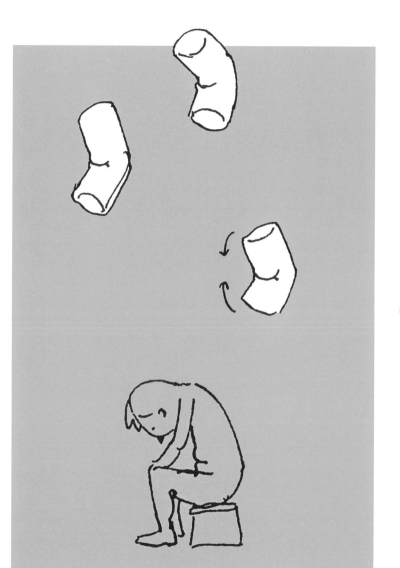

오징어 너무 좋아

 오징어밥
진짜 좋아

완전 이런 느낌.

몸에 좋은 것은
맛있다

몸에 나쁜 것도
맛있다

아,

맛있쩡!

넌 뭘 먹어도
맛있다고 하지……

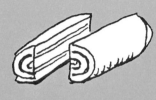

롤케이크 망함

나루토도 망함

긴타로아메도 망함

(긴타로아메: 어느 면을 잘라도 단면에
긴타로의 얼굴이 나오도록 만든 기다란 엿/옮긴이)

닭고기와 감자의
사각사각 볶음

 쫀득쫀득 볶음

 바삭바삭 구이

 쫄깃쫄깃 튀김

 탱글탱글 굳히기

 꽉꽉 채우기

 걸쭉 국물

『용서할 수 없는
　　　음식』

18

나는
'잔생선
산 채로 먹기'.

나는
'말고기 회'를
용서할 수 없어.

나는
탕수육의
파인애플을
용서할 수 없어

나는
차이chai를
용서할 수 없어.
'차에 향신료'라니······

통조림은 그야말로
파인애플을 위해
있는 거나 마찬가지.

있을 수 없는
의외의 조합

'만면의 미소'
와
'양치질'

내가 닦을래

내가 닦을래

너를 닦을래

닦아드릴깝쇼

너를 닦을래

닦느냐

닦이느냐

너희 집
냉장고를

탈탈
털어주겠다!

싹싹 모아서
꽉꽉 채우고

문을 쾅
이제 안심

'사람 수대로 사는 것'이
어려워.

늘
궁금한 게
있는데.

저 모양은 대체
어디서 온 걸까.

모르는 집
비누

쓰기가 좀 그래

본인이 납득하지
못할 것 같은 사진

…이
아가씨
누군가 닮았는데…

저벙
저벙

'누군가'랄까
'무언가'를 닮았는데……

……알겠다!
브라키오사우루스!!

앗?!

세탁소로
바꼈어!

비 오는 날
가게 앞
우산 봉투에
우산을 넣고

가게에서 나올 때

(스윽)

짠~

이런 기분이 드는 것은
나쁩입니까.

밤의 신칸센

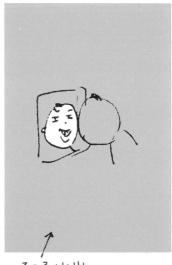

죽도록 심심함

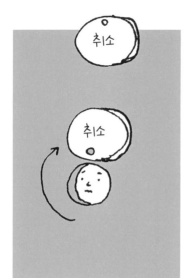

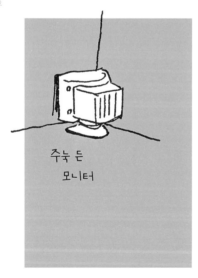

월간 기린팬
특별제작 화보

증(贈)

잡동사니통
결승전

젓가락받침

가락받침의 받침

이유식 스푼

3에서 표정이 진짜였습니다.

고등학교 시절
청소 시간

선생님,
저기요

시키는 대로
청소하는 나

어차피 또
지저분해질 텐데
청소 뭐 하러
해요 안 해도 되죠

…… 맞는 말이네!

선생님

그렇게
말하자면,
어차피 또
배 꺼질 텐데
밥은 뭐 하러 먹냐?
잔말 말고
청소나 해.

…… 그것도
맞는 말이네!

당시부터 귀가 얇은 남자였습니다.

지금 해보고
싶은 것?

해보고
싶지?

음……아!
마니차!

자.

(마니차: 불교 경전을 넣어놓은 경통)

저벅저벅저벅저벅

……왔다.

정말로
없어 보이는 남자가
나와 같은 자전거를
타고 있었다.

충격을 금할 수 없다.

주문해주세요

헉

바로 뒤에 서 있었다

무슨 생각하고 있을까……

'신식감(新食感)'에 약하다

앗! 대박! 저건 신기한 거야!

아, 그렇구나. 신기하구나.

"다음에 만나면
이 얘기 꼭 해야지."

그렇게 생각했던 시간이
너무 길었다

막상 그 시간이 되니

긴장해서

보기좋게 실패.

이래서야
어제하고
똑같잖아

이대로라면
내일도
똑같지 않을까.

실수인 척하고
주려고
했는뎃

차마 버릴 수도
없고 말이지.

망했다!!

반응이 별로 좋지 않았어!!
마지막에
괜한 소리를!!
안 하는 게 좋았어!!

'人'이 자고 있었다

환경이 바뀔 때
새롭게 얻는 것을
즐기는 사람과
잃는 것을 슬퍼하는 사람이 있습니다.

보시다시피
후자입니다.

꿈에서 꿈을 꾸는데
'아, 일어나면 ○○해야지-
아, 일어나기 싫어라-'
라고 생각하는 꿈을

또 꾸었다.

잔향(殘香) 동호회

솜털S
솜털즈

젓가락받침 작가

특기: 성급하게 출발하기

됐어
그만
출발ㅡ!

왕이 된 기분

고급 슬리퍼

뭔가

캐리커처

같은 사람

본인인데
"닮았어, 닮았어"
하는 느낌

히트되기 전에 산 CD는

한 장도 없습니다.

무위도식하러
먼저

실례하겠습니다.

어째서
시간이 다 될 때까지
보고를 하지 않은 거야!

아니, 저기,
······놀래켜 드릴까
해서······

당신은
어때? 머리카락
많이 났어?

······
아니
아직이네.

조송합니다요.

'요'는
필요없잖아
'요'는.

출근 카드는
되도록 보이지 않는
곳에 두었으면 좋겠네……

서로 말꼬리
물고 늘어지는 관계

가장 문제는

지금부터 열심히 하면
아마 늦지 않을 거라는
생각이다.
열심히 하면.

저요저요저요

저요저요저요!

만질래요 만질래요
만질래요 만질래요!

웃으면서
하는 것이

성공하는
요령입니다

달고 맵게 조려주쇼!

간장을 따를 때.

쭈욱

이라고 하고 맙니다.

점장님!

너무
뻔뻔스러운
주문이
들어왔어요!

사실은
그런 생각
하지도 않을
때의 얼굴

물을
여기까지

담아주세요

물을 여기까지
담아주세요

왠지
기분이
찜찜하네

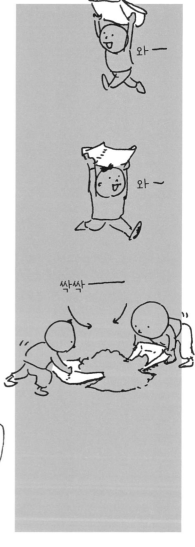

와 —

와 ~

싹싹 ——

너무 푹신한
베개처럼

내 앞의 앞에
서 있던 할아버지의
꼬깃꼬깃한 천 엔짜리가

내
잔돈이 되다.

아아 돈은
돌고 도는구나.

더러워진
속옷을

잘
접어놓으니

우읍
토할 것 같네

친구에게 받은

새옷은

손목이
너무 조여서

뭔가 이러고
있는 것 같다

알겠다!
그럼
이렇게 하자

남은 것은
주먹밥을 만들자.

물이
끓을 때까지의
드라마

노컷으로
한번 봅시다

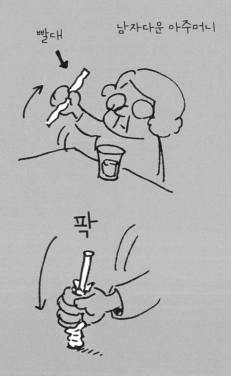

어머
귀여워라

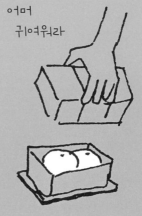

뭔가 잘될 것 같은 아침

다 틀렸다 싶은 밤

우와-

이불에서
먹을 수 있닷-

먹었다.

원숭이도 나무에서 떨어진다

옛날에는 한심하게 생각했던 일을

즐기다니
　부끄럽네요.
분명 용서해주지 않을 거야.
　그 시절의 나.

잊어버렸어

뭐였더라

'잊었다'는 것만은
기억하는데

탁탁

이런, 뭐가 묻었네

뭐야 이거.

오늘은
지쳤어.

다들
나쁜 사람으로
보여.

순간 최대 한숨

택시 안이 전원 택시
운전사였다.

게다가 모두 웃고 있었다.

누가 나 깨웠어

할머니 50인분의
점음!

이퀄

=

싱글벙글 피난훈련

'초보자용
연습 기구'

지금
왔는데요!

늦었을까요.

스킵 교실

옛날 친구가
당시 그대로의 모습으로
마을을 달리고 있었다.

← 엄청 닮았다

엉겁결에
내가 타임슬립했나 하고
주위를 둘러보았다.

30세.

과자와
주스와
일요일.

나쁩니다.

아뿔싸!

게다가!

"고맙다"는 말을
깜빡했다!

"미안하다"는 말도
하지 못했다!!

두두두둥

상사와 방울벌레와 부하

여자끼리
착함이 주성분인
접대성 멘트 배틀

변변찮은 것을
손에 들고

변변찮은 것 →

렛츠고
인사

어른용 종이
어린이용 종이

크면 클수록
훌륭해지면 훌륭해질수록

사람들에게 보이지 않는 부분도
커져야 합니다

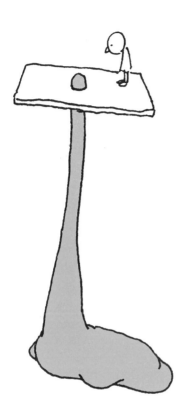

좁은 장소
넓어지는 마음

움집

혼자가 될 수 있는
좁은 장소

좁은 곳 성애자의
영원한 동경입니다.

좁네⋯⋯

움집의
좋은 점은
뭐니뭐니 해도
입구가 작고
하나밖에 없다는
점이죠.

움집에 뒷문을
만드는 순간
단순한 '터널'이
돼 버립니다.
주의합시다.

욕조

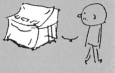

좁은 곳에서
넓은 곳
보는 것을 좋아함

나는 좁은 곳을
좋아합니다.

넓은 세계
좁은 시야

좁다
고요
두근
두근

좁은 곳
짱 좋아

이것도 역시

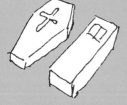

잠두콩 레벨의
vip 대우

좁은곳입
니다만

좁을 것 같군요.

좁다고 말하고 싶다

쾌적함의
조건 중에
적당히 '좁기'가
있지 않을까요.

좁다 좁아 까꿍

"좁아서 두근두근"

우헤~

열차가 출발하는데 타는 눈(雪)

자동차의 불빛
안에만

가랑비가 내린다

로손의 깃발이
내 어깨를 어루만지며
위로해주었다

라고 회송 전철이 말을 하는 것 같다.

손가락을
다쳤습니다.

주말에는
안정을
취했습니다.

문 닫을 시간이 가까운
중화요리집.
간장과 라유통이
모두 모여서
오늘 뒤풀이를
하고 있습니다.

도요코선 전철.
밤의 다마강을 건널 때가 좋다.

시내의 불빛이 뚝 끊겨서

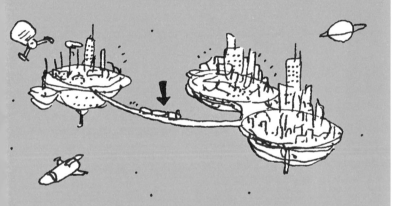

뭔가 이런
　　우주공간 같은 이미지.

자,
아무나 빨리
내게

옛날에 연애할 때
둘이 잘 가던
음식점에

진심으로 말하는 경우와
그 자리의 중압감에
눌려서 말하게 되는
경우,

미인계를.

혼자 가는
사람
손들어 봐요

두 가지 타입이 있습니다.

노골적으로 애정표현을 하면
토할 것 같은 타입

앞으로 당신이
결정해야 할 일은
얼마든지 많으니까

왠지 아랫배가
볼록해진 느낌

일단
파트너는 나로
결정하세요. 네?

좋아,

잠시
능지처참하고 오겠습니다.

오늘은
정(情)에
호소해보자.

장미꽃다발로
처맞았습니다.

언제 첫눈에 반해도
괜찮도록

너의 모성 본능에
손을 집어넣어

언제나
어느 정도의 돈은
갖고 있고 싶습니다.

어금니가 덜덜덜
떨리게 해주겠다!

메일이라면
솔직해질 수 있어

내일 아침 10시부터
'화해작전'
개시하겠습니다!

좋아.
느긋하게.

구원하고 싶고
구원받고 싶고

아, 힘들어

여자의 꿈은
성가시다

어쩐지 사이가 나빠진 것
같습니다.
무엇이 잘못된 걸까요.

오늘은 왠지
어른스럽네요.

어른인데요.

망원경 매장에서

만난 두 사람

취미: 만나기

약속
10분 전

첫차

막차

휴일
운행표

속도위반 결혼

정이 든 결혼

각오한 결혼

지금 가장
하고 싶은 것

'의기투합'

어때?
그는 그 후.

좀 문제가 있어.
요전에 중대한
결함을
발견했어.

나하고 같이
식사하다니

너 행복한 사람이네.

실은

오늘로 나의
'시험하기 기간'이
끝났어.

깜빡하고
다정하게 대해버렸다

엉겁결에
다정하게
대해버렸다

걱정하게 해줄게

내가 걱정해
줄게

아주 좋아하는
그 사람과

이것은
키가 같고

이것은
체중이
같고

이것은
출신이 같다

중학생 때.

고, 고마워.

오—
너 OO
좋아하는구나
그럼 이거
빌려줄게

여자아이가
물건을 빌려준 게 →
처음이어서

호…
혹시 나한테 선뜻
빌려준 것은

이 카세트 테이프에
뭔가 특별한
메시지가
녹음돼 있다거나?

옛날부터 이런 데만
상상력을 썼습니다.

일단
처음부터 끝까지
테이프를 듣는다

그냥 테이프였습니다.

어느 쪽 거짓말을
믿어야 할까

아, 곤란하네.

그러니까
미안하다고
했잖아!

안돼요.

슬쩍

이제 호의를 받아들일 수
없어요.

그 아이한테
남친 같은 건
없었으면 하는 마음

너라면
알겠지?

그 애는 참
착한 애지.

그녀의 결혼 소식에
모두 아빠 미소를
지었다고 합니다.

자, 오늘은
어느 쪽 고집이
이겼을까요!

더 기뻐해
주는 것이

도리 아냐?

나와 당신이

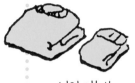

섞인 냄새

없어도 괜찮지만
　　있으면 좀 기분 좋죠.

사용하지 않을 때는
　　있는 듯 없는 듯.

젓가락받침 같이
　　편한 사람으로

당신 옆에
　　있고 싶습니다.

당신이 자유로워
    질 수 있는가 어떤가는

나의 자유.

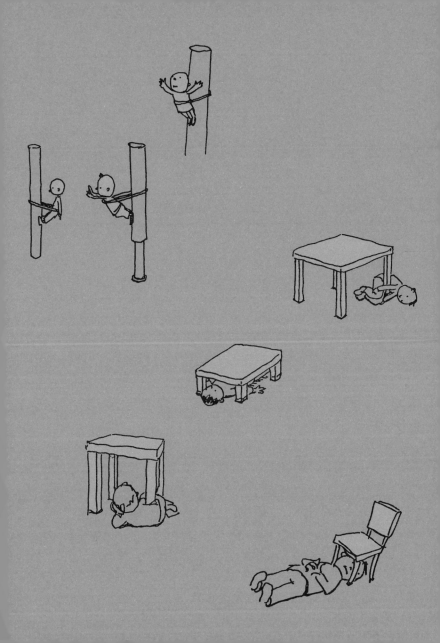

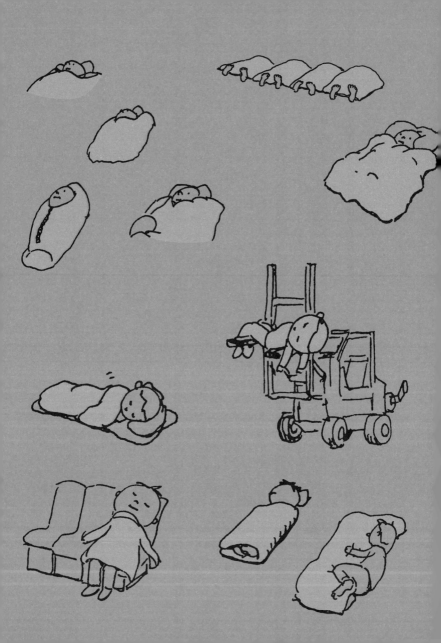

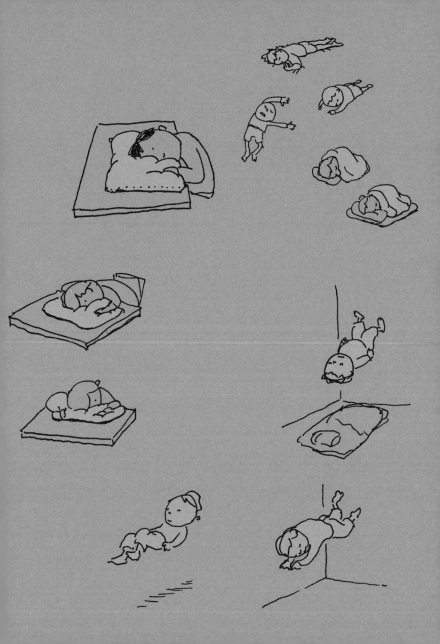

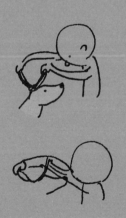

팔랑팔랑

숨풍숨풍숨풍

숨풍숨풍

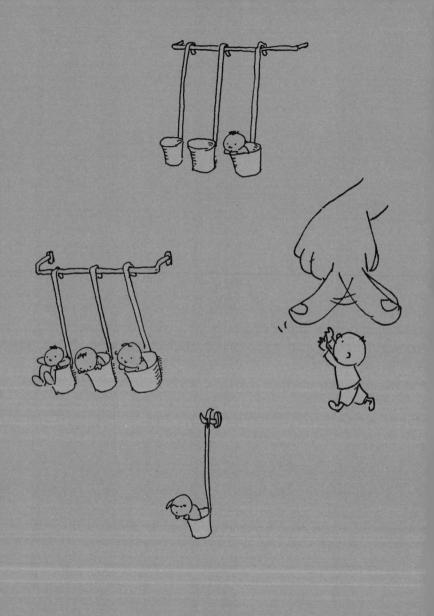

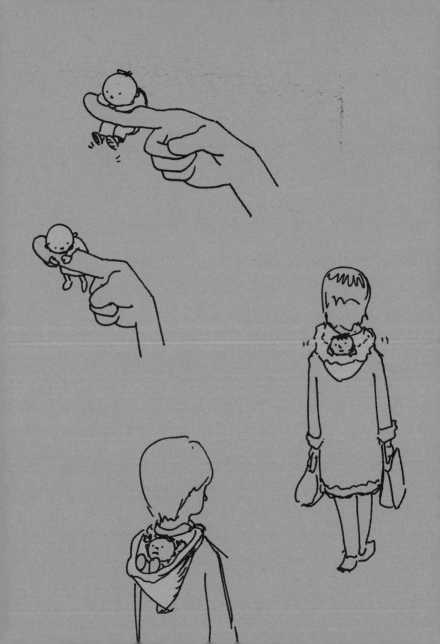

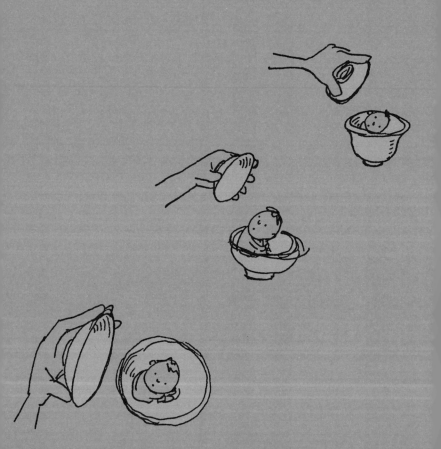

앗,

이 녀석!

마요네즈
뚜껑

에잇!

어린 아이는.

타박타박타박

쭈욱 —

멈춤

타박타박타박

쭈욱 —

멈춤

'걸으면서 마시는 것'이
불가능하다.

아빠
갈 거야—

걸핏하면

장난 장난

아이들링 중.

우리
엄마는
대단해!

턱이랑 엉덩이가
두 개씩 있어!

너무 못생겨서
더 귀여운 아기

이 아이는 앞으로 긴 인생에서
아마 지금이 가장 인기
절정이겠지.

아~ 아냐 아냐

우리 남편
그런 것
전혀 모른다니까

지금이다!

아기는
귀엽다

가족에게 차갑다

노인은
귀엽지 않다

똑같이 돌보지만,
이 차이는 크다.

가족을 안을 기회란

얼마나 적은가.

마법의 냉장고

어린 시절,

언제나 냉장고 안에는
맛있는 것이 들어 있었다.

엄마 팔의
차가운 부분을 만지면서
자는 것을 좋아했다.

조금 자라서
그 '맛있는 것'이
이웃 슈퍼에서 사온 것이란 걸
알았을 때,
왠지 실망했던 기억이
난다.

답례라고 하긴
뭣하지만

오늘은 완두콩을
먹어줄게.

세상에서 제일 귀여운 개는.

똥을 치우는 동안
"죄송합니다요…" 하는 표정을
짓는 개

불합리하게 혼났다

그게 아이다.

불합리라는 말도
모르는데.

어떤 때든
내 불평을 듣는 것이
당신의 역할이거늘

일도 힘들고
가족도 차가워서.

나는 매일 밤
3만 광년 너머까지
도망치고 있습니다.

있지, 엄마.

시어머니와
며느리
전쟁

내가 커서
결혼해도
우리 색시
괴롭히지 마?

탯줄이
없었습니다

에어맥

아기도 와이어리스 시대

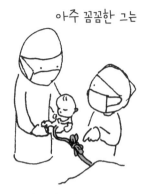

아주 꼼꼼한 그는

태어날 때 이미
탯줄을 예쁘게
묶어놓았다고 합니다.

튤립의 눈

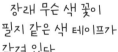

장래 무슨 색 꽃이
필지 같은 색 테이프가
감겨 있다

134

과장의 얼굴

남편의 얼굴

아빠의 얼굴

진짜 얼굴

어디가
좋은지
모르겠지?
바보!
엄청 좋다구!

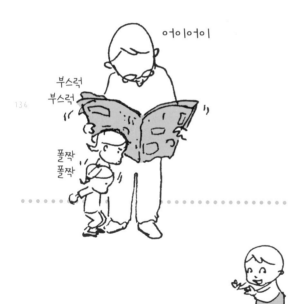

어이어이

부스럭
부스럭

폴짝
폴짝

보고 있어?
보고 있어?

지금 나 보고 있어?
하는 아이의 얼굴

베개엄마

엄마ㅡㅡ

양다리 걸치고 있습니다.

종유굴이다!

전에 했던
'꼬옥 껴안기' 놀이 해줘!!

'꼬옥 껴안기' 놀이!

친해지기 위해
몇십 년 정성을
들여야 하다니.

가족이란
사치스럽네.

이놈이나 저놈이나

타인의 불행을
보고 싶다

긴장감 있는
매일을 위해

비밀은
빼놓을 수 없죠

소문이든
뭐든 좋으니
알고 싶다고

파이팅
우월감

채워라!

성적 호기심!!

지향하라
10대의 인생관

베스트 오브 무덤

회수율
높은 남자를
목표로

말하지 말걸
그랬어—

몰라도
괜찮다네요.

팬티
스트라이크

흑
ㅡ

줄여서 팬스트

(팬스트: 일본어 발음 '판스토'로
팬티스타킹이라는 뜻이다/옮긴이)

아무 소리나
나불나불 지껄이지 마~

뚱보도 참기   갈비씨도 참기

다소 각색
하지 않을 수 없는
반생을

천문학에 관해

천문학 이야기를
듣고 언제나 대단하다고 생각하는 것은

우주가 얼마나 크고
지구가 얼마나 작고
그런 것보다
이 넓디 넓고 넓은 우주를
아주 작고 작은 지구라는 콩알
위에서 안다는 것이다.

정말이야?   애초에
'끝없는 시간과 공간'을
고작 80년 정도밖에 생존하지 않는
작고 작은 인간의 머릿속으로
이미지화할 수 있다는 것이
굉장하다고 생각함.

슬픔을
기쁨으로 바꾸는
특수한 박테리아가
몸속에 살고 있습니다.

1 μm

기쁨이 전혀 없는
세계에서도
    살아갈 수 있습니다.

이만큼

사람을 두근거리게 하는
존재가 되고 싶다

아직 아이

벌써 어른

아직 어른

아직 어른

벌써 아이

이제 아이

승리조

패배조

패배 기미

내 탓이
아닌데
야단맞은
이 느낌

오랜만이네.

이상하네.

밥을 잔뜩
먹었는데
기분이
풀리지 않아…

이성 이야기로
신났다가

본가 이야기로
시들

충치가 생긴 뒤에
양치질을 시작한 듯한

그런 삶의 방식

원하는 것은 없다.

잃고 싶지 않은 것이
있을 뿐이다.

계단밖에 없는 세계에서
자전거를 안고 가는 남자

아무것도 하지 않아도
내일은 오니까.

무엇을 해도
돌아오지 않는
어제 일을
생각해보자.

오늘은
맛있는 것을
먹을 수 있지 않을까

그걸로 충분하지
않을까

'피곤하니까'와
'졸리니까'가
변명으로 통용되는
꿈같은 세계를

함께 찾으러
가지 않으련?

모두가
조금씩

모두의 탓으로
불행해졌습니다.

'승리는 우연
패배는 필연'이라니.

뭐임미.

'마지막까지
구해준 사람이
누군지 모른다'
'마지막까지
만나고 싶은 사람을
만나지 못한다'

이것이 이 이야기에서
　　　가장 좋은 점이야

나는
이대로도
괜찮다고

해석할 수 있는
부분을 찾아라!

안 되면
그만하면 돼
어떤 곳에서든
살아갈 수 있어

그럼
그럼

지켜야만
하는 것 때문에

지금보다 더
심술쟁이가
된다면

남들에게 들리지 않도록
한숨을 쉬는 기술

다음달 1일부로
주인공이 됩니다.

제대로
거짓말을 하지 못한
내 책임이다.

기대는
성가시다.

기대를 받아도
안 받아도
골치아프다.

조금씩
조금씩
만들어온 것을

여기서 한꺼번에
망쳐보자

이제
가타부타를 얘기할
문제가 아니게 됐군

자, 생각해봐?

짝짝

너는 지금
뭘 해야
하지?
어이어이.

자아 여러분
다함께

'뜻대로 되지 않았던 축제'

자포자기는

좀 즐겁다

쓴웃음의 도가니

세상을
모르는 사람끼리의
대화

당신의 달이
되어줄게.

밤은 당신을
부드러운 빛으로
비춰주지.

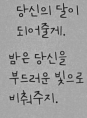

다만 한 달에 한 번은
쉬기로.

당신에게 내
   뒷면은
절대 보여주지 않을 거야.

세상에는
더 더
힘든 사람이 있다.
그러니까 너는
힘들어 하지 마.
왜냐하면 너는
그 사람들보다
편하니까.

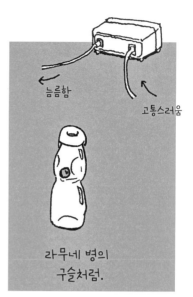

늠름함

고통스러움

라무네 병의
구슬처럼.

병속에 있을 때는
매력적으로 보인다
밖으로 꺼내지 못하기 때문에
꺼내보고 싶어진다

그러나 병을 깨서
밖으로 꺼내 버리면
그냥 유리구슬.
더 이상 돌이킬 수 없다.

시시한 것을 주인공으로
만드는 '용기(容器)'의 존재.

저런
콘셉트
싫다……

전쟁이나 폭력에
의지하는 사람을
'바보'라고 부르기로
합시다.

아이쿠

티슈도
처음에 상자를 뜯었을 때는
잘 꺼내지지 않죠?

"멀리서 보면
전혀 앞뒤가
맞지 않아."

대부분은
그런 겁니다.

그래서
좋은 겁니다.

작고 작고

작은 타협이
쌓여서

이제 몸을 옴짝할 수가

없습니다

그게
좋은 겁니다.

그 세계를
몰랐기 때문에
더 '리얼'한 것을 쓸 수 있다.

만약
책상을 뒤집어서
책상 다리 위에
서야 하는
상황이 된다면.

분명 둘이 있어서
다행이라고 생각할 터.

사람이 해결할 수 있는 것은
남의 고민뿐입니다.

자신의 고민은
무리입니다.

차가 엄청나게 밀려서
고속도로 휴게소에서 일생을
마쳤습니다.

그러나 그럭저럭 즐거웠다고 합니다.

어쩐지

　　다들
　　가늘고 가는 실에

간신히 매달려 있을
뿐인 것 같다

돈으로 살 수 없을 것 같지만
사실은 살 수 있는 것

뭐 — 게?

아저씨가 돼서
좋아.

왠지 옛날부터
'젊음'이 딱히
와 닿지 않았어.

'어른용'이란 건
'슬프다'는 것?

178

마음을 열면

어떻게 돼?

나는 뭘 하면
좋지?

나는 뭘 하면
좋아?

됐어 뭐 별로
아무렇게나

아무렇거나 상관없어

진짜야

나는

어떻게 하면 좋을까?

나를 가장
실망시킨
'베스트 실망꾼'

드디어 발표합니다!

띠융

실망...

이렇게 된 바에야 '필살기'!

'실망 되갚기'!!

띠융

'실망시키는 사람'

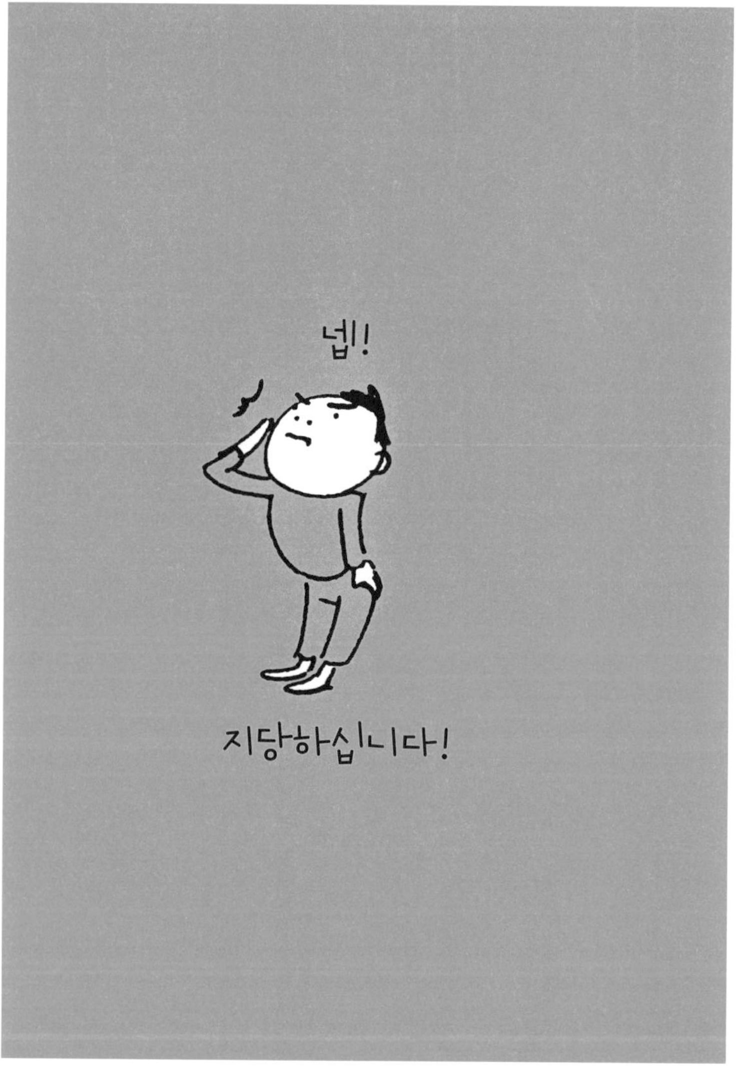
넵!
지당하십니다!

인생에
막대기를 휘두르다

서툰 총질로
몇 발 맞혔습니다

나왔습니다!!

'뒤탈'!!

참견하기

접대성 미소

집중포화를 당하다

일손 부족

제목?
제목이라…
　　　음…

나는
나를 위해
최선을 다하는
것이 가능한
단 한 사람의
서비스업이다.

··· 어딘가에
'LOVE'라고
넣고 싶네.

고객제일이다.

마지막에 사람을 움직이는 것은
판타지다.

행복할 때
해놓지 않으면
안 되는 일

어색함에
익사하다

언제나
어디서나
히키코모리

'좋아하는 말'
줄줄이 캐기

행복해지기라도
하면 좋지

그 몸 대부분이

분에 넘치는 광영

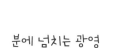

넘치는
부분

부질없는 걱정으로
만들어졌다

언덕길도
쌩쌩 올라가는
긍정 모터
탑재!

부디
좋은 방향으로
검토해
주시기를.

게다가 뚜껑이 없어

1판 1쇄 발행 2018년 1월 29일
1판 2쇄 발행 2021년 4월 12일

지은이 요시타케 신스케
옮긴이 권남희
펴낸이 김기옥

실용본부장 박재성
편집 실용2팀 이나리, 손혜인
영업 김선주
커뮤니케이션 플래너 서지운
지원 고광현, 김형식, 임민진

디자인 형태와내용사이
인쇄·제본 현문인쇄

펴낸곳 컴인
주소 121-839 서울시 마포구 서교동 양화로
11길 13(서교동, 강원빌딩 5층)
전화 02-707-0337 **팩스** 02-707-0198
홈페이지 www.hansmedia.com

출판신고번호 제2017-000003호
신고일자 2017년 1월 2일
ISBN 979-11-960018-6-5 02830

린스?

건방지네!

지은이 요시타케 신스케

1973년 가나가와 현에서 태어났다. 쓰쿠바 대학 예술연구과 종합조형코스 수료. 일상의 자연스러운 한 컷을 독특한 각도로 도려낸 스케치집과 삽화, 일러스트 에세이 등, 다방면에 걸쳐서 작품을 발표했다. 그림책 《이게 정말 사과일까?》로 제6회 MOE 그림책대상 1위, 제61회 산케이아동문화상 미술상 등을, 그림책 《이유가 있어요》로 제8회 MOE그림책대상 1위를 수상했다. 저서에 《이게 정말 천국일까?》, 《이게 정말 나일까?》, 《뭐든 될 수 있어》, 《벗지 말걸 그랬어》, 《이유가 있어요》, 《불만이 있어요》가 있고, 스케치집 《결국은 못하고 끝》, 《좁아 두근두근》, 《머잖아 플랜》이 있다. 《벗지 말걸 그랬어》로 2017년 볼로냐 라가치상 특별상을 수상했다.

옮긴이 권남희

일본문학 전문번역가. 저서에 《번역에 살고죽고》, 《길치모녀도쿄여행기》가 있으며, 역서로 《달팽이식당》, 《카모메식당》, 《다카페일기1,2,3》, 《애도하는 사람》, 《샐러드를 좋아하는 사자》, 《저녁 무렵에 면도하기》 등의 무라카미 라디오 시리즈, 《빵가게 재습격》, 《후와후와》, 《배를 엮다》, 《누구》, 《평범한 나의 느긋한 작가 생활》, 《츠바키문구점》 외에 200여 권이 있다.

비염이어서
팽～

코만
풀었습니다.

쓰레기를 버리려고
했더니,

두
둥

휴지
푸딩이
나왔습니다